AF348260

PARAPHRASE

DE LA PROSE

DU SAINT ESPRIT.

Veni sancte Spiritus
Et emitte cœlitus
Lucis tuæ radium.

E*sprit du Fils, Esprit du Pere ;*
L'Esprit lien de tous les deux,
Esprit l'objet de tous les vœux
De celle qu'en esprit nous regardons pour Mere.
Source intarissable de biens,
Cœur du mystique corps, dont Jesus est la teste ;
Flambleau, bouclier, appuy, vie, ame des Chrestiens.
Main à nous aider toûjours preste.
Ennemy de l'obscurité.
Remede de l'infirmité.
Vent, qui dissipez nos orages.
Feu, qui reprimez nos ardeurs
Crainte, dans nos fausses terreurs ;
Qui fortifiez nos courages.
Amour, qui calmez nos fureurs,
Sagesse, qui ne rendez sages,

A

Que ceux qui pour l'amour de vous
Font gloire de passer pour foux.
Bonté que satisfont nos plus petits hommages :
Et qui trouvez de l'homme en nos plus saints Ouvrages.
Force, qui ne rendez vainqueurs
Que ceux qui pour le Ciel souffrent le plus d'outrages.
Venez pour échauffer nos cœurs
De vos amoureuses ardeurs ;
Et faites luire dans nos ames
Quelque rayon de vos celestes flâmes.

Veni Pater pauperum.

Venez pour secourir de pauvres languissans,
Tous prests à perir de misere ;
Tant leurs maux sont fâcheux, & leurs besoins pressans :
Si comme un veritable Pere,
Qui ne peut contre ses enfans
Garder une longue colere ;
Vous ne daigniez nous faire
D'infirmes, sains ; & de pauvres, puissans :
En nous faisant de pécheurs, innocens.

Veni dator munerum.

Dieu d'inépuisable abondance ;
Vous, qui pouvez seul tout donner ;
Qui pouvez seul encor tous vos dons couronner :
Venez combler nostre indigence
De vos ineffables tresors.
Mais donnez-nous sur tout de la reconnoissance ;

'Afin que nous croyions dans noſtre inſuffiſance,
Devoir à vos bontez, & non à nos efforts,
Tout ce que nous aurons de divine ſcience.

Veni lumen cordium.

Lumiere, dont le firmament
A receu tout ſon ornement;
Par tant de brillantes eſtoiles,
Qu'il roule ſi pompeuſement.
Lumiere, qui perçant les voiles
De la plus ſombre obſcurité,
Eſtes vous-meſme impenetrable.
Lumiere, auprés de qui la plus grande clarté
N'eſt qu'un faux jour, qu'un éclat emprunté.
Venez par un rayon, de noſtre eſprit coupable
Diſſiper l'infidelité,
L'incertitude, l'ignorance,
Les erreurs, & la défiance.
Mais helas, ce rayon; s'il eſtoit ſans chaleur:
Iroit-il de l'eſprit au cœur!
Et nous tireroit-il de l'horrible indolence,
Que nous avons pour noſtre Createur.

Conſolator optime.

Sans vous aucune ame troublée,
Quelle que ſoit ſon agitation;
Ne trouve dans les maux dont elle eſt accablée,
Ny paix ny conſolation.
Sans vous toutes les créatures

Nous offrent inutilement
Ce qu'elles ont de plus charmant,
Pour soulager nos peines les moins dures.
En vain nos amis, nos parens
Tâchent, quand nous souffrons, d'addoucir nos miseres :
En vain nous esperons les rendre moins ameres,
En nous abandonnant aux froids plaisirs des sens.
En vain nous occupe en tout tems,
Tantost le jeu, tantost l'estude,
Tantost le bruit, tantost la solitude.
Helas sans vous, seul vray Consolateur !
On n'applique à nos maux qu'un appareil trompeur ;
Qui ferme au dehors nos blessures,
Pendant que par mille ouvertures
Il en laisse passer tout le venin au cœur.

Dulcis hospes animæ.

Qu'une ame innocente est heureuse,
De vous avoir pour son époux !
Que toute autre alliance est pour elle odieuse ;
Et que tous les liens qui l'attachent à vous,
Luy sont agréables & doux !
Quel bonheur est le sien d'estre en vostre presence,
D'attirer vos regards, d'entendre vostre voix,
De répondre à vos soins, d'obeïr à vos loix,
De mettre en vous sa confiance !
Qui conçoit ce bonheur, tient vostre moindre absence
Pour la plus rude de ses croix.

Dulce refrigerium.

Quelque ardeur inquiéte, & quelque noire flâme ;
Que l'amour des honneurs, ou l'amour des plaifirs,
Si féconds l'un & l'autre en criminels defirs,
    Puiffent allumer dans une ame :
Voftre fouffle divin l'efteint en un moment ;
Et les douces ardeurs de voftre fainte Grace,
De nos cœurs endurcis n'ont qu'à fondre la glace ;
    Pour arrefter l'embrafement,
    Qui de tous coftez nous menace.

In labore requies.

Quand de noftre travail vous eftes feul la fin :
    Seul, l'ame, l'objet, & la caufe :
    On fent bien alors que la main,
    Qui s'employe à ce grand deffein,
    En y travaillant fe repofe.
Ce que vous faites faire, on le fait en aimant ;
Et quelque grand travail que l'amour nous propofe.
    Nous n'aimons guéres fortement,
    Quand ce travail nous coûte quelque chofe.
    Mais fi nous fommes affez foux,
    De travailler pour d'autres que pour vous :
    Plus chacun de nous s'évertuë
A pourfuivre un travail qui ne finit jamais ;
    Plus fon ame abbatuë
Sent croître les defirs ennemis de fa paix.
Sur un pareil travail malheur à qui fe fonde

Vous estes nostre centre ; & c'est mal à propos
Qu'en voulant consacrer tout son travail au monde,
On s'attend à le voir suivy d'aucun repos.

In æstu temperies.

Heureux le serviteur fidelle,
Qui pour vos interests s'échauffe saintement :
Vous luy faites trouver du raffraîchissement ;
Ou celuy qui combat pour une autre querelle,
Sans pouvoir l'estancher, souffre une soif cruelle.
Que faites-vous encor, vous qui n'estes qu'ardeur ?
Vous ne pouvez souffrir ny froideur ny tiedeur :
Et jamais mieux pourtant n'agit vostre puissance,
Qu'en esteignant dans nostre cœur
Les feux de la concupiscence.
Sans vous nous brûlerions de ces feux criminels,
Que nous n'avons le cœur ny la force d'esteindre :
Et sans vous, nous aurions à craindre
D'autres feux qui sont eternels.

In fletu solatium.

Le temps peut essuyer nos larmes,
Mais ce remede est lent ; & ne peut pour toûjours
En arrester le cours.
Nostre cœur n'est jamais sans nouvelles alarmes.
Sommes-nous consolez ? voicy de nouveaux maux,
Qui demandent des pleurs & des soûpirs nouveaux.
Où vous regnez Seigneur, il n'en va pas de mesme :
C'est sans retour qu'on cesse de pleurer ;

C'eſt tout de bon qu'on peut ſe r'aſſurer.
On n'aime là que vous : & dés lors qu'on vous aime
On ne s'amuſe plus
A des regrets, à des pleurs ſuperflus.
Ou ſi l'on pleure encor, vous ſeul cauſez ces larmes :
Larmes, qui ſont l'objet de nos plus ſaints deſirs ;
Larmes, qui valent mieux que nos plus grans plaiſirs :
Tant elles ont de douceur & de charmes.

O lux beatiſſima,
Reple cordis intima
Tuorum fidelium.

Daignez en nous voſtre ouvrage accomplir,
En miracles divers lumiere ſi féconde.
Vous nous donnez des cœurs plus vaſtes que le monde ;
Que rien que vous ne peut remplir.
Rempliſſez donc en eux toute cette eſtenduë :
Et que l'épaiſſe nuit qu'on y voit répanduë,
Cede enfin aux clartez de voſtre nouveau jour.
Vengez-vous ainſi des injures,
Que vous font ſi ſouvent de viles creatures,
Qui vous dérobent noſtre amour.
Aſſez & trop long-tems cent & cent bagatelles
Ont partagé nos ames infidelles,
Qui n'auroient dû ſe remplir que de vous
Pardonnez-leur Seigneur, & vous r'approchant d'elles
Monſtrez-vous à la fois leur Pere & leur Epoux.

Sine tuo numine,
Nihil eſt in homine ;
Nihil eſt innoxium.

Pour eſtre criminels il nous ſuffit d'eſtre hommes ;
    C'eſt de nous ſeuls que vient l'iniquité.
Sommes-nous innocens ? par vous ſeul nous le ſommes ;
    C'eſt de vous ſeul que vient la ſainteté.
Nous avons beau penſer ; ſans vous nulle penſée
Ne ſçauroit dans le Ciel eſtre recompenſée.
Nous avons beau vouloir ; ſans vous la volonté,
    Qui paroiſt la plus ſaine,
Se donne pour le bien une inutile peine.
Nous avons beau courir ; ſans vous tout noſtre effort
    Ne nous peut mener qu'à la mort.
    Vous ſeul pouvez rendre noſtre main pure :
    Vous ſeul pouvez rendre noſtre cœur droit :
    Vous ſeul pouvez mettre la creature
En eſtat pour ſa fin d'agir comme elle doit.
Par vous ſeul noſtre jeûne, ainſi que noſtre aumône
    Pleut plaire au Roy des Roys :
Et par vous ſeul encor montent juſqu'à ſon trône
    Nos ſuppliantes voix.
    Enfin, quoy qu'un bon Chreſtien faſſe,
Quoique ſa charité, quoique ſon zele embraſſe ;
    Il le commence, il le pourſuit,
    Il l'acheve par voſtre grace ;
Soit pour le bien qu'il fait, ſoit pour le mal qu'il fuit.

Lava

Lava quod est sordidum.

Vous avez pû donner à noſtre ſaint Baptême
La vertu de nous nettoyer
Comme voſtre pouvoir eſt encore le meſme ;
Ne vous laſſez jamais ſur nous de l'employer.
Noſtre peu de lumiere,
Et noſtre peu de charité,
N'en offrent que trop de matiere
A voſtre divine bonté.
Chaque jour noſtre cœur par quelque folle attache,
Se fait une nouvelle tache ;
Que nous vous conjurons, chaque jour d'effacer.
Chaque jour noſtre eſprit peu ſage,
Par quelque vanité gaſte en luy voſtre image :
Daignez Seigneur ſans ceſſe en luy la retracer ;
Et nous ſerons doublement voſtre ouvrage.

Riga quod est aridum.

Dans ces climats où regne un éternel été,
La terre aride d'elle-meſme ;
Qui dans ſa ſeichereſſe extréme
Ne reçoit pas du Ciel la moindre humidité,
Devient ſouvent d'une ſterilité,
A ne pas rendre un grain pour tous ceux qu'on y ſeme.
La meſme choſe arrive, & pis encor Seigneur
Dans la terre de noſtre cœur ;
Si pour l'humeƭter il n'y paſſe
Quelque ruiſſeau de voſtre grace.

B

Si tost que ce ruisseau tarit,
Tout seiche dans ce cœur , tout y meurt ou languit.
Mais de vostre douce rosée ,
Cette terre est-elle arrosée ,
Chaque chose en son temps y fleurit , y meurit.
Ne suspendez donc plus à nostre ame alterée ,
Ce qui fait sa fecondité :
Et pour remedier à son aridité ;
Rendez-luy cette eau desirée ,
Que vous en aviez retirée ;
Pour éprouver sa fermeté ,
Ou pour punir sa lâcheté.

Sana quod est saucium.

Combien déja sur nous avez vous fait de cures ;
Unique Medecin de tant de maux divers ,
Dont l'orgueil d'un seul homme a remply l'univers ?
Cependant de combien d'invisibles blessures
Sommes-nous encore couvers ?
Ny Job sur son fumier , ny le pauvre Lazare
A la porte du riche avare ;
Lors qu'ils gemissoient devant vous
Pressez du poids de leurs miseres ,
N'ont esté si chargez d'ulceres ,
Que peut-estre à vos yeux l'est le plus sain de nous.
Hé que seroit-ce donc , dans l'estat pitoyable ,
Où la main de nos ennemis
Moins que la nostre nous a mis ?
Que seroit-ce de nous , Amour infatigable ?
Si vostre main sçavante & charitable ,

Qui si souvent nous a gueris ;
Cessoit de se monstrer à nos vœux favorable,
En cessant d'estre, helas, à nos maux secourable.

Flecte quod est rigidum.

Qu'il soit pour son salut confondu dans le temps,
Tout esprit plein de soy ; que vostre joug dégoûte :
Qui ne croit ce saint joug propre qu'à des enfans :
Et qui pour s'élever suit la funeste route,
Que monstra le demon à nos premiers parens.
Seigneur, faites fléchir ces hommes infidelles ;
Qui se laissant seduire à de flatteurs tyrans,
Pour vos plus douces loix n'ont que des cœurs rebelles.
Faites fléchir tous ces nouveaux Titans ;
Qui sans craindre vostre tonnerre,
Osent par leur orgüeil vous declarer la guerre.
Que ce qui rend si fiers tous ce impénitens,
Pour les humilier, se brise comme un verre ;
Que leur grandeur tombe par terre :
Qu'ils perdent prés des Rois, & leur peine, & leur temps :
Qu'ils soient par tout chagrins, inquiets, méContens :
Qu'ils soient enfin blessez ces inflexibles,
Dans les endroits pour eux les plus sensibles :
Afin qu'apprenant par ces coups
A craindre en leurs excez vostre juste courroux ;
Ils en tirent aussi cette grande science,
Que toute nostre indépendance
Consiste uniquement à dépendre de vous.

Fove quod est frigidum.

Si c'est pour tout reduire en flâmes,
Que vous vous transformez en feu :
Pourquoy souffrez-vous que tant d'ames
D'un feu si beau brûlent si peu ?
Pourquoy vous seul estant aimable ;
Seul, de vous faire aimer capable ;
Souffrez-vous que quelqu'un de nous
Amuse à tout moment de quelque objet visible
Un cœur dont vous estes jaloux,
Que vous n'avez fait que pour vous,
Et dont la perte est pour vous si sensible ?
Pourquoy souffrez vous que vos loix,
Qui meritent tout nostre zele ;
Nous trouvent pour elles si froids,
Et si chauds pour la bagatelle ?
Pourquoy, detestant la tiedeur,
Encore plus que la froideur ;
Souffrez-vous qu'une ame fervente,
Qui s'est fait admirer dans le commencement
D'une vie humble & pénitente ;
Tombe si-tost dans le relâchement,
Et si-tost du bien se repente ?
Helas ! pour détourner cet horrible malheur
De dessus tant de testes
A perir toutes prestes
Il ne faut qu'un peu de chaleur.
Accordez-nous ce peu, Seigneur, & que la glace
Dans nos cœurs desormais cede à vos feux la place.

Rege quod est devium.

Vous avez beau frapper nos yeux
De vostre plus vive lumiere :
Ces foibles yeux cachez sous leur sombre paupiere,
Ne nous en conduisent pas mieux.
Ainsi quand le Soleil luit sur nostre Hemisphere,
Il a beau dans nos yeux luire indifferemment :
L'aveugle ne void pas ce Soleil qui l'esclaire ;
Le jour comme la nuit il tombe également,
Et ce jour inutile est son plus grand tourment.
Ne nous monstrez donc plus de si vives lumieres ;
Sans avoir bien guery nos yeux,
Et bien défillé nos paupieres.
Autrement le chemin des Cieux,
Sera toûjours pour nous une route incertaine ;
Où nous marcherons avec peine,
Et dont nous sortirons aprés mille faux pas,
Mais ce n'est encor rien que de voir cette route :
Non Seigneur il ne suffit pas
Qu'on la voye, & qu'on vous écoute :
Un guide à des enfans monstre en vain le chemin ;
Il faut qu'il les y porte, ou méne par la main.

Da tuis fidelibus,
In te confidentibus
Sacrum septenarium.

Vous qui sans consulter nostre peu d'innocence,
Nous ayant prévenus d'abord de vos bontez ;

N'attendez pas noſtre reconnoiſſance,
Pour nous continuer vos liberalitez.
Ajoûtez, s'il vous plaiſt, à vos graces premieres
Les ſept précieux dons
Que par nos inſtantes prieres,
Pleins d'eſpoir, nous vous demandons.
Donnez-nous donc Seigneur la ſolide ſageſſe;
L'intelligence de vos loix;
L'art de faire en tout un bon choix;
La force de ſouffrir, & d'agir ſans foibleſſe;
L'humble ſcience de ſalut;
La pieté ſans fard, ſans artifice,
La crainte enfin de l'éternel ſupplice,
Qui nous méne à l'amour comme à noſtre vray but.

Da virtutis meritum,
Da ſalutis exitum,
Da perenne gaudium.

Que nous ſerons heureux, ſi noſtre foy merite
Dans nos plus ſaints travaux que rien ne vous irrite;
Si nos meilleurs deſſeins ſont ſelon voſtre cœur;
Si nos vertus les plus conſtantes,
Ne ſont pas à vos yeux des vertus apparentes;
Si nous avons du crime une invincible horreur:
Si pour le bien noſtre amour eſt ſincere,
Noſtre penitence ſevere,
Et ſans retour nos reſolutions!
Que nous ſerons heureux, ſi nous pouvons vous plaire
Par d'uniformes actions:
Et plus heureux encor ſi nos intentions

Vont toutes à vous satisfaire !
Mais quoy, Seigneur, pour estre heureux,
C'est peu d'avoir de l'innocence;
C'est peu de faire penitence;
C'est peu mesme de tous les deux.
Il faut outre cela de la perseverance :
Sans elle point de recompense.
Et ce grand don, qui peut se le devoir de nous;
Qui peut nous l'accorder que vous ?
Ne vous bornez donc pas à nous faire bien vivre;
Faites-nous aussi bien mourir.
Que gagnerions-nous à vous suivre
S'il nous falloit enfin perir.
Mais nous esperons mieux, fondez sur vostre oracle;
Et nous croyons qu'ayant tant fait pour nous,
Vous voudrez bien faire un dernier miracle,
Pour nous faire regner dans le Ciel avec vous.

F I N.

PERMISSION.

VEu l'Approbation du Sieur GRANDIN, permis d'imprimer. Fait ce 23. de Fevrier 1679.
DE LA REYNIE.

A PARIS,
De l'Imprimerie de JEAN BAPTISTE COIGNARD,
Imprimeur du Roy, ruë saint Jacques à la
Bible d'or 1681.